一晚有貓伴身邊

咕嚕Z

1

YORU HA
NEKO TO ISSHO
KYURYU Z

CONTENTS

今天之前，我跟貓完全沒有交集。

幾乎也沒有抱過貓。

舔
舔

牠會願意讓我抱嗎⋯

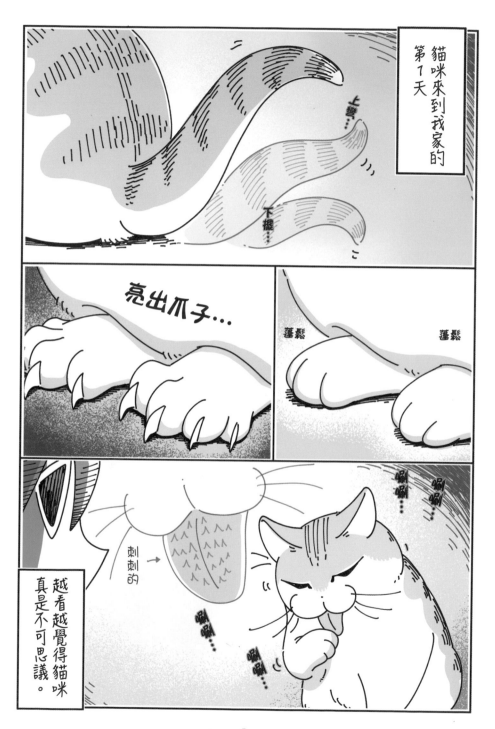

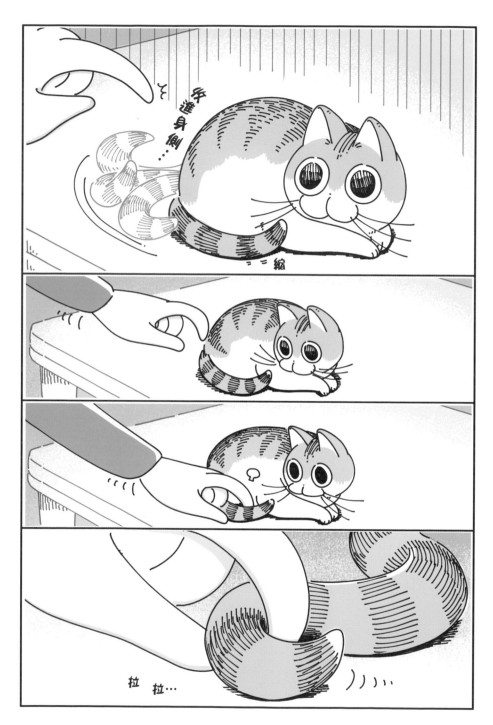

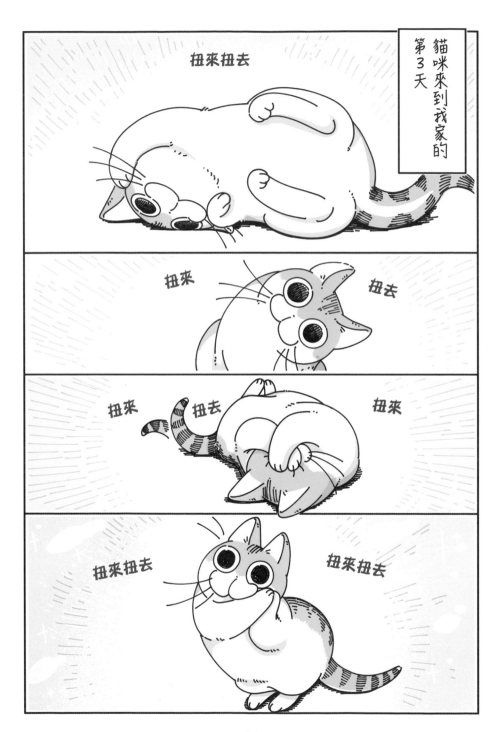

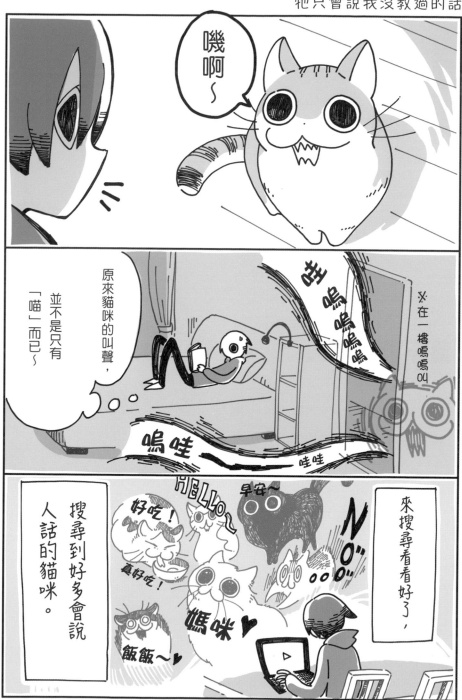

※貓咪的舌頭有倒鉤，被舔到會很痛。

有時候會自己擺出這副表情

髯鬚歪掉了

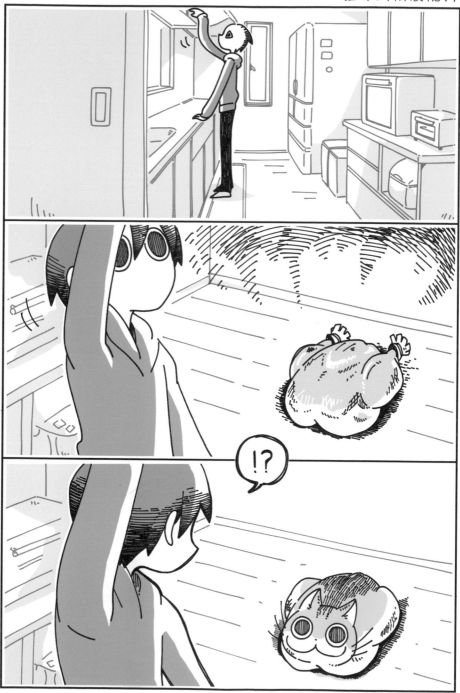

幾分鐘後

咕嗚

居然過來了…!!

雖然叫了咕嚕加
牠會過來,

但不知為什麼,
牠都不會馬上過來,
都要隔個幾分鐘。

貓咪的耳朵會自己翻回來

— 52 —

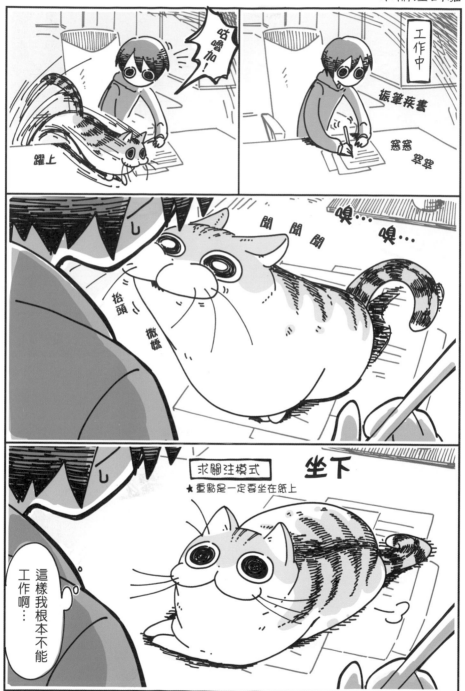

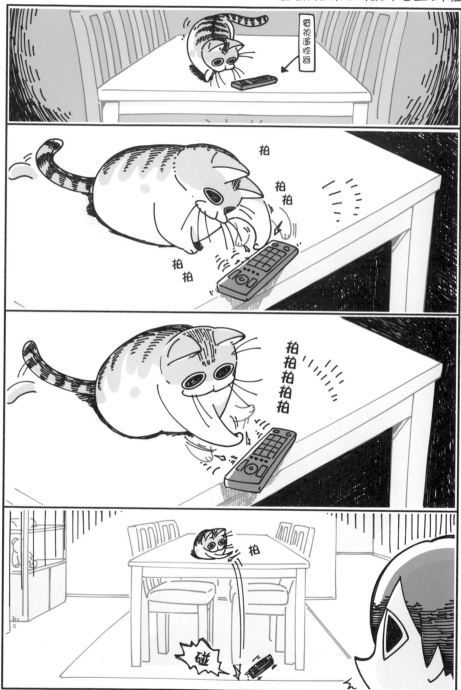

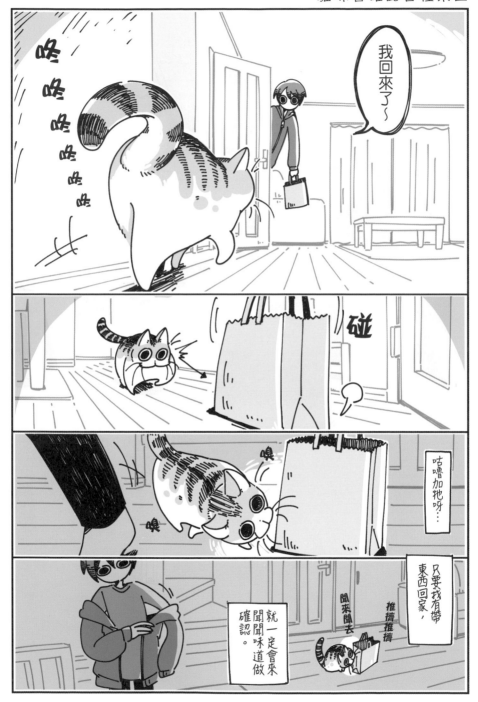

被貓咪耳朵打臉

檢查指甲有沒有變長

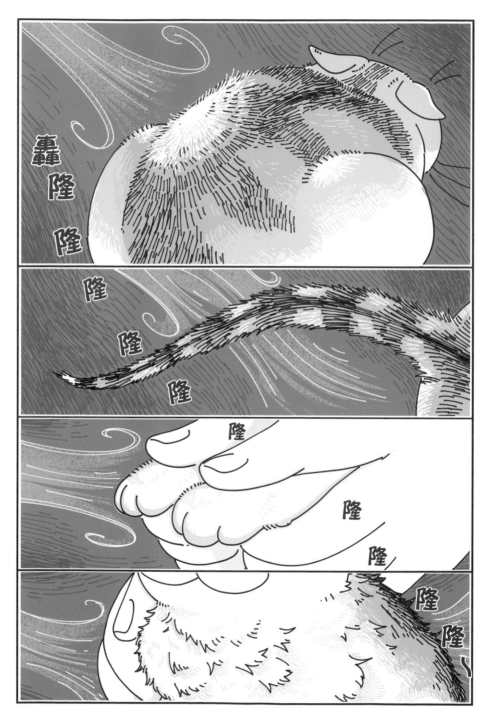

登場人物與貓

風太
社會人士

兄妹

小P
學生
風太的妹妹

咕嚕加
長腿的曼赤肯貓

上來吧，上來吧。上來吧。

探頭⋯⋯

後記

大家好，我叫作咕嚕Ｚ。

非常感謝大家看了我的這本漫畫。

真是作夢也沒想到，我畫的漫畫竟然可以出版成冊。

打從心底感謝平時就支持我的漫畫的各位，

以及所有出版相關人員的協助。

自從６年前我在繪圖留言板上傳了咕嚕加的漫畫後，

我就開始著手創作一系列的咕嚕加漫畫。

雖然在這幾年內，我都是不定期在繪圖留言板上傳漫畫，

不過現在都會固定上傳到部落格及推特中。

偶爾會有人問我，這些漫畫內容是真的嗎？還是創作呢？

我的答覆是，這些都是基於我親身經驗所創作出的漫畫。

雖然我畫的是實際上發生過的事，

不過登場人物則是我創作出來的角色。

我在畫畫時會把自己與家人投射在漫畫裡，盡可能畫得比較簡單易懂。

咕嚕加也是以我家的貓作為創作原型（雖然幾乎一模一樣）。

無論是QR碼與辣椒醬等場景，全部都是實際上真的發生過的事。

雖然目前為止我曾跟好幾種動物一起生活過，

不過，與貓咪共度的時光讓我覺得特別不可思議、也特別開心。

儘管我跟貓咪一起相處了6、7年，

但對於貓的一切我依然所知不多，

不時都會有新的發現，也令我深感驚訝。

雖然我不是那麼明白貓咪的行為與想法，

但關於貓的一切都讓人覺得實在太可愛了。

如果大家讀了這本漫畫後，覺得貓咪有點不可思議、

讓你想要親近貓咪、偶爾會想起貓咪的話，那就太好了。

謝謝大家能看完這本漫畫，

接下來，我還想要繼續探索貓咪的奇妙之處。

咕嚕Z

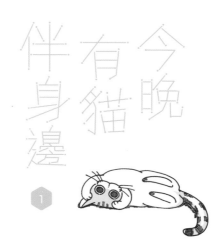

作者：咕嚕Z
譯者：林慧雯
責任編輯：蔡亞霖
設計：DIDI
發行人：王榮文
出版發行：遠流出版事業股份有限公司
地址：台北市中山北路一段11號13樓
劃撥帳號：0189456-1
電話：(02) 2571-0297
傳真：(02) 2571-0197
著作權顧問：蕭雄淋律師
2021年9月1日 初版一刷，2022年6月1日 初版三刷
定價：新台幣320元
缺頁或破損的書，請寄回更換
有著作權·侵害必究 Printed in Taiwan
ISBN：978-957-32-9133-6
遠流YL一博識網 http://www.ylib.com E-mail: ylib@ylib.com

YORU HA NEKO TO ISSHO 1
© kyuryuZ 2020
First published in Japan in 2020 by KADOKAWA CORPORATION, Tokyo. Complex
Chinese translation rights arranged with KADOKAWA CORPORATION, Tokyo through
BARDON-CHINESE MEDIA AGENCY.